AF246149

# ESQUISSE

DE

## LA RÉPUBLIQUE FRANÇAISE

EN L'AN HUIT.

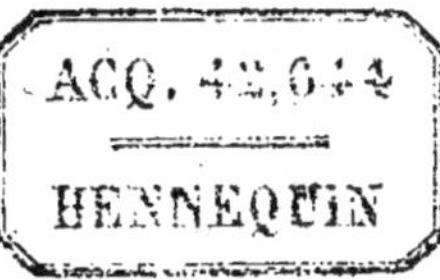

## STANCES

PRÉSENTÉES AUX FRANÇAIS,

AVEC DES NOTES HISTORIQUES.

Par J. B. BORREL, Adjudant-Commandant.

PARIS.

Ventose an IX.

ACQ. 42,644
HENNEQUIN

BIBLIOTHÈQUE IMPÉRIALE

Ye

15921

# AVIS DE L'AUTEUR.

L'ame échauffée par l'heureuse situation de la république à la fin de l'an 8, et par l'espérance qu'elle s'améliorerait encore avant peu, l'auteur avait ébauché cette esquisse pour lui et quelques amis ; mais ceux-ci l'ayant invité à la faire imprimer, il s'y est déterminé, en y joignant quelques notes explicatives, pour remettre sous les yeux des Français, les évènemens qui ont amené les circonstances heureuses où la France se trouve dans ce moment.

# ESQUISSE

### DE

## LA RÉPUBLIQUE FRANÇAISE

#### EN L'AN HUIT.

---

## STANCES.

LA France était prête à périr ( 1 )
Sous les coups de l'impéritie ;
Chacun redoutait l'avenir,
Chacun craignait pour la Patrie....
Quand, par un sort inattendu,
Les cent voix de la Renommée,
D'un Héros à nos vœux rendu,
Annoncent l'heureuse arrivée. (2)

L'ESPOIR renaît dans tous les cœurs,
En apprenant cette nouvelle ;
On ne songe plus aux malheurs
Dont on sent l'atteinte cruelle.......
Jouissez d'un moment si doux !
Non, Français plus d'inquiétude ;
BONAPARTE vient parmi vous,
Ne craignez plus la servitude.

Tour-a-tour des partis divers
Cachant avec art leur envie,
Ont voulu vous donner des fers,
En vous livrant à l'anarchie.
Bientôt, l'auguste vérité,
Rendant, par un effort *magique*,
Ses couleurs à la liberté,
Raffermira la République.


Déja, la plus morne stupeur
De vos tyrans a glacé l'ame.
*D'Arcole et du Nil*, le vainqueur
A rompu le fil de leur trame.......
Dans un seul jour tout a changé..... (3)
Et la sagesse et le génie, (4)
Au vrai républicain vengé
Vont redonner son énergie.


Quelques Français fanatisés,
Séduits, trompés par l'Angleterre
A leur pays, en insensés,
Veulent encor faire la guerre ;
Notre héros libérateur,
Par sa conduite ferme et sage,
D'un mot, enchaîne leur fureur
Au moment même de l'orage. (5

RICHES , ne cachez plus votre or ,
Reprenez de la confiance ;
Pourriez-vous balancer encor ?
Il s'agit de sauver la France.
Payez le fer dont nos soldats
Vont se servir pour notre gloire.
BONAPARTE dans les combats
N'est-il pas sûr de la victoire ?


VOYEZ accourir à sa voix (6)
Cette belle et fière jeunesse ,
Quittant pour de nouveaux exploits ,
Plaisirs , amis , parens , maîtresse.
Contemplez avec quelle ardeur ,
Elle escalade l'Italie (7) ,
Pour triompher par sa valeur ,
Dans les plaines d'Alexandrie (8).


BERTHIER , *Dupont , Lannes , Victor* (9) ,
Guerriers favoris de Bellone ,
Vous venez d'ajouter encor ,
Des lauriers à votre couronne.
Et vous , *Bataillons de Héros !* (10)
Par votre courage intrépide ,
Vous êtes les dignes rivaux
Des braves compagnons d'Alcide.

Mais de tristes et noirs cyprès
Couvrent le champ de la victoire :
Vertueux et brave Desaix, (11)
Tu meurs en nous laissant ta gloire :
Vois nos regrets, notre douleur
Te suivre au sein de l'Elysée :
Ta mort a troublé le bonheur
Et de la France et de l'Armée.


*Pitt* et *Mélas* pris en défaut,
De la Seine, aux bords de l'Adige,
Ne nous attendaient pas sitôt,
Et doutent encore du prodige. (12)
Rien n'est cependant plus certain ;
Malgré toute leur prévoyance,
Nous sommes dans un coup-de-main
Vainqueurs et de retour en France. (13)


Cessez de refuser la paix (14),
Reconnaissez votre délire,
Rois, qui pour de légers succès,
Comptiez en France tout détruire :
A la voix de l'humanité,
Ne résistez pas davantage........
Pour nous ravir la liberté,
Il faut nous ôter le courage.

Vous allez fleurir de nouveau, (15)
Talens, beaux arts que l'on délaisse;
La France offrira le tableau
Des beaux jours de l'antique Grèce.
Les bras qui défendent l'Etat,
Rendus à l'utile industrie,
Bientôt nous donneront l'éclat
Que répand toujours le génie.

BONAPARTE, par tes travaux, (16)
Exauce les vœux de la France,
Elle attend la fin de ses maux
De ton active expérience.
Laisse siffler autour de toi
Les serpens de la calomnie;
Tu confonds la mauvaise foi
Par le bonheur de ta Patrie.

# NOTES.

( 1 ) Ses armées battues , son territoire sur le point d'être envahi , sans argent , sans confiance pour s'en procurer , sans considération au-dehors et au-dedans , les membres du directoire qui gouvernaient alors , divisés en deux partis qui cherchaient mutuellement à se renverser ; telle était la situation de la république , dans le courant du mois de vendémiaire an 8. Tout le monde prévoyait et désirait un changement dans le mode de gouverner et d'administrer ; mais l'état des choses était si critique , que personne n'aurait osé , à cette époque , garantir l'heureux succès de ce changement , reconnu cependant nécessaire.

( 2 ) Le 17 vendémiaire an 8 , un vaisseau venant d'Egypte , et échappé , comme par miracle , à la vigilance des Anglais , débarqua le général Bonaparte et quelques officiers de son état-major , sur les côtes de Provence , dans le petit port de *Fréjus*. Cette nouvelle se répandit dans Paris quelques jours après , et fut accueillie avec la joie de l'espérance par ses amis personnels et par ceux de la patrie ; ils trouvèrent , dans le souvenir de la conduite militaire et politique de ce général , en France , en Italie et en Egypte , l'assurance du changement qu'ils désiraient et qui devait rendre à la France tout son éclat.

( 3 ) Le 18 brumaire suivant , on apprend que le général Bonaparte a été nommé , par arrêté du conseil des Anciens , général en chef de toutes les troupes qui étaient à Paris , et que , par le même arrêté , le conseil des Cinq-Cents , et celui des Anciens , se sont ajournés au lendemain 19 , et doivent se transporter à Saint-Cloud, pour y tenir leurs séances. C'est dans cette dernière journée , à jamais mémorable, qu'ont été posées les premières bases du mode du gouvernement, qui, dans l'espace d'un an , nous a rendu notre gloire, nos triomphes, notre crédit financier , notre prépondérance dans les cabinets de l'Europe, et qui enfin, nous présente le présage heureux de la paix générale , ou tout au moins continentale, d'ici à quelques mois.

(4) La nouvelle constitution parut le 23 frimaire , et par l'article 39 le général Bonaparte fut nommé premier consul ; le citoyen Cambacérès , ministre de la Justice , second consul ; et le citoyen Lebrun , membre de la commission des Anciens, troisième consul. Cette réunion de vertus , de talens et de gloire , était bien faite pour donner de la confiance aux Français.

(5) Le nouveau gouvernement était à peine établi , que l'Angleterre, prévoyant que ce changement amènerait des résultats fàcheux pour elle, chercha à rallumer la guerre civile dans les départemens de l'Ouest. Elle profita de l'effet qu'avait produit la loi des ôtages sur les habitans de ces contrées ; elle répandit de l'argent , fournit des armes et des munitions aux rebelles , et la guerre des chouans éclata de nouveau. Mais le gouvernement prit des mesures si sages ; le premier consul s'expliqua d'une manière si énergique, en donnant l'ordre aux troupes de terminer cette guerre *dans un mois* , que les insurgés rentrèrent dans l'ordre avant ce terme.

(6) Proclamation des consuls, du 17 ventose , et arrêté qui crée une armée de Réserve , dont le rassemble-

ment doit s'effectuer à Dijon. Tous les français de bonne
volonté sont appelés à cette expédition glorieuse.


(7) L'armée de Réserve, forte d'environ soixante mille
hommes, et organisée dans l'espace d'un mois, part de
Dijon, ayant le premier consul à sa tête, et arrive au
pied du grand Saint-Bernard le 29 floréal. Le 30, l'armée
se met en marche, commence à gravir la montagne, et
le passage de l'armée et de son artillerie, effectué
après vingt heures de marche, dans des sentiers couverts
de neige et de glaces, où les hommes ne pouvaient
marcher qu'un à un, présente un phénomène inconce-
vable à l'Europe étonnée de cette action, aussi hardie
que périlleuse.


(8) L'armée de Réserve, après avoir renversé tout ce
qu'elle trouve d'ennemis sur son passage, et repris Milan
et Pavie, se trouve en présence de l'armée autrichienne
entière, rassemblée sous les murs d'*Alexandrie-de-la-*
*Paille*, entre le *Pô* et la *Bormida*. Le 25 prairial, le général Mélas, qui la commandait, passe cette dernière ri-
vière et attaque les français. On se bat, de part et d'autre,
avec un acharnement sans exemple. La victoire est in-
décise jusqu'à cinq heures du soir; mais enfin, elle se
fixe du côté des républicains; 6,000 grenadiers hongrois
mettent bas les armes, et sont faits prisonniers, avec le
major-général de l'armée autrichienne; ses bagages, son
artillerie restent la proie du vainqueur, et le petit vil-
lage de *Marengo*, donne son nom à cette célèbre bataille,
qui a couvert d'une gloire éternelle l'armée française,
ses généraux, et le premier consul, qui y commandait
en personne.

( 9 ) L'auteur n'a nommé que ces quatre généraux ; mais l'histoire les nommera tous , et n'oubliera point les généraux Murat , Bessières , Monnier , Moncey , Kellermann , Vatrin , Massena , pour sa belle défense dans Gênes , etc. etc.

( 10 ) La faible partie de la garde à pied et à cheval des consuls, qui avait suivi Bonaparte à l'armée, s'est couverte de gloire à *Marengo*. Sa contenance , son intrépidité , ont arrêté l'armée ennemie , forte de son nombre et de son artillerie , et ont donné le tems à la nôtre de préparer cette charge valeureuse , qui détermina la victoire en notre faveur.

( 11 ) Le général *Desaix* , revenant d'Egypte , après avoir été indignement traité et retenu à Livourne , par l'amiral anglais *Keith* , arrive à Toulon ; il apprend l'expédition de l'armée de Réserve ; sans consulter ses fatigues , part sur-le-champ pour rejoindre Bonaparte et ses compagnons de gloire. Il rejoint l'armée le jour même de la bataille de Marengo , et il marchait à la tête de la division qui , vers les cinq heures du soir , ramena la victoire , lorsqu'un plomb meurtrier l'enleva à ses amis , à sa patrie et à ses frères-d'armes. Il est mort ; il n'a point partagé le bonheur du triomphe ; mais la postérité , d'accord avec ses contemporains , n'oubliera pas que le brave *Desaix* y coopéra , et ne parlera qu'avec admiration de ses vertus et de ses talens militaires.

( 12 ) Le secret de l'expédition de l'armée de Réserve par le grand Saint - Bernard , fut si bien gardé , que le général Mélas n'eut une connaissance certaine de la force de l'armée française , que lorsqu'elle était déjà sur les bords du *Tesin*. Un courier expédié à Vienne par ce général ,

et qui fut intercepté , était porteur de lettres , dans les-
quelles il regardait comme une fable le passage du grand
Saint-Bernard , et considérait comme plus que suffisant
le petit nombre de troupes qu'il avait dans la vallée
d'*Aost* , pour punir de leur témérité , disait-il , les deux
ou trois mille avanturiers qui auraient pris cette route ,
dans la supposition qu'ils en eussent la folie.

Quand M. de Mélas écrivait cela , il n'avait sûrement pas
calculé que rien n'est impossible aux français , combattant
pour leur indépendance , et conduits par un général ha-
bile.

(13) Le 26 prairial , lendemain de la glorieuse journée
de *Marengo* , le général autrichien fit proposer , par des
parlementaires , un armistice au premier consul , qui ,
malgré ses avantages , consentit à ce que demandait
M. de *Mélas* : l'armistice fut conclu , et les conditions
fixées valurent aux républiques *cisalpine* et *ligurienne*
le retour et l'assurance de leur indépendance. L'empereur
remit aussi aux français la ville et citadelle de *Turin* ,
et toutes les places fortes en-deça de l'*Oglio* , qui devait
servir de limite à l'armée française pendant l'armistice ,
tandis que celle des autrichiens se retirerait derrière le
*Mincio*. Cette brillante opération terminée , le premier
consul revint à Paris , jouir des transports et de la reconnaissance des français.

(14) Tandis que Bonaparte triomphait en Italie , l'armée française , sous les ordres du général *Moreau* , battait ,
de son côté , les autrichiens sur les bords du *Rhin* et du
*Danube*. L'armistice fut étendu à cette armée , et les ci-
tadelles d'*Ulm* , de *Philisbourg* , et autres places fortes ,
remises entre nos mains , en furent le résultat. Le premier consul , dans cette heureuse situation , toujours fi-

dèle à ses principes de générosité envers ses ennemis, propose la paix à l'empereur, et même à l'Angleterre. Des plénipotentiaires sont envoyés ; mais l'intrigue du cabinet anglais triomphe encore auprès de l'empereur, et tout fait présumer qu'il faudra le forcer à la paix par de nouvelles victoires.

(15) La certitude de la paix, que l'auteur n'a considérée que comme retardée de quelques mois, lui a dicté cette image : c'est la paix, en effet, qui fait fleurir les arts et l'agriculture ; et les encouragemens qu'ils ont déjà reçus d'un gouvernement éclairé, dans des tems difficiles, doivent faire présager le degré de prospérité auquel ils s'élèveront, lorsque, dans des circonstances plus heureuses, ils pourront recevoir des secours plus considérables.

(16) Cette invocation, adressée à Bonaparte, à la fin de l'an 8, pourrait être considérée comme une prédiction, par ce qui s'est passé pendant les six premiers mois de l'an 9. Dans le nombre de ces évènemens, il en est un atroce, inconnu dans les siècles les plus barbares, dont le résultat affreux devait couvrir la France de deuil et de désordres ; mais un génie tutélaire l'en a préservée ; et le premier consul, échappé à cette scène d'horreur et de crimes, n'en a paru que plus grand, et n'en est que plus cher aux français. Jetons promptement un voile sur cette époque, pour arrêter nos regards sur un tableau consolant.

L'armistice de vendémiaire n'ayant pas produit des explications claires et précises de la part de l'empereur, le gouvernement, pour ne pas perdre l'avantage que lui donnaient les batailles de Marengo et de

Moerskirch , dut nécessairement négocier les armes à la main. Les hostilités recommencèrent , et avec elles nos victoires. En Allemagne , le général Moreau gagne la bataille de Hohenlinden , poursuit l'ennemi avec vigueur, passe l'Inn , franchit les bords escarpés de l'Enns , et menace les murs de Vienne. Dans le même tems et dans le plus fort de l'hiver, le général Macdonald passe le Splugen et le mont Tonal , culbute l'ennemi et arrive à Trente. En Italie , le général Dupont effectue, avec l'aîle droite de l'armée , le passage du Mincio , soutient, pendant tout un jour, avec une poignée de français , dans un terrain resserré , et n'ayant qu'un pont très-étroit pour retraite , les efforts de l'armée ennemie entière , et gagne la bataille de Pozzolo , qui a été le terme des grandes opérations militaires en Italie. L'ennemi se retire derrière l'Adige.

La république était parvenue à ce degré de supériorité sur son ennemi , lorsqu'un nouvel armistice fut conclu en Allemagne , et étendu , peu de jours après , à l'Italie. Les négociations , qui n'avaient pas été interrompues ; reprirent une activité et une marche plus assurées , et ont eu , pour cette fois , un succès plus complet. Le 20 pluviose dernier , le comte de Cobentzel , et le conseiller d'état Joseph Bonaparte , plénipotentiaires ; le premier , de l'empereur ; et le second , de la république française , ont signé , à Lunéville , le traité qui rétablit la paix entre ces deux puissances. Un mois a été accordé pour la ratification de part et d'autre : il est près d'être écoulé , et sans doute , d'ici à quelques jours , le peuple français sera à-même de se livrer entièrement à la joie qu'il a fait éclater d'avance pour cette heureuse nouvelle.

Français ! des lois barbares ne pèsent plus sur vos têtes ; l'administration est améliorée ; l'ordre et l'économie dans les finances se rétablissent tous les jours ; les arts commencent à refleurir ; votre territoire est agrandi ; le Rhin et les Alpes lui serviront désormais de limites ; vos armées sont victorieuses par-tout ; vous avez des alliés aussi puissans que fidèles ; enfin , cette paix continentale si désirée , et qui fixe votre existence politique et celle des républiques helvétique , batave , cisalpine et ligurienne.

Telle est votre situation glorieuse ; comparez-la avec celle où vous étiez placés au commencement de l'an 8 , et partagez la reconnaissance de l'auteur de cette faible Esquisse , pour le gouvernement sage et vigoureux qui, dans l'espace de dix-huit mois , a produit de si grandes choses.

BIBLIOTHÈQUE IMPÉRIALE IMPR.

www.ingramcontent.com/pod-product-compliance
Lightning Source LLC
La Vergne TN
LVHW051017060726
842524LV00007B/2657